Eugen Roth

Neue Rezepte vom Wunderdoktor

Heitere Verse mit Bildern
von Hans Traxler

Carl Hanser Verlag

1 2 3 4 5 04 03 02 01 00

ISBN 3-446-19947-0

Satz: Otto Gutfreund GmbH, Darmstadt
Druck und Bindung: Kösel, Kempten
Printed in Germany

Der Humorist, meist selbst nicht heiter,
Gibt Frohsinn nur an andre weiter.
Die Wissenschaft, die kaum je irrt,
Nennt so was einen Zwischenwirt.

Halali

Der Krankheit wird gewaltig jetzt
Vermittels Treibjagd zugesetzt.
Höchst logisch wird von allen -logen
Was irgend möglich, einbezogen.
Der Psycho-, Uro-, Bakterio-,
Laryngo-, Neuro-, Röntgeno-
Und viele andere beäugen
Die Fährte, sich zu überzeugen,
Daß, immer enger schon verbellt,
Die Krankheit ausweglos umstellt.
Zuletzt wird sie, auf Tod und Leben,
Dem Chef zum Abschuß freigegeben.

Mensch und Unmensch

Wer tiefer nachdenkt, der erkennt:
Mensch sein ist fast schon: Patient.
Doch sind wohl aus demselben Grund
Unmenschen durchwegs kerngesund.

Wartezimmer

Der Hausarzt kommt nicht mehr wie früher.
Du bist ein Selbst-Dich-hin-Bemüher.
Im Wartezimmer – lang kann's dauern! –
Mußt Du auf den Herrn Doktor lauern,
Der, wie's der Reihe nach bestimmt,
Den einen nach dem andern nimmt –
(Soferne Du nicht wöhnest arg,
Daß er noch viele schlau verbarg
In Nebenräumen, Küch' und Keller,
Um sie dann vorzulassen, schneller.)
Dortselbst, in schweigend stumpfem Ernst,
Du warten kannst – wenn nicht, es lernst.
Dann endlich trifft Dich ein beseeltes:
»Der Nächste, bitte! Na, wo fehlt es?«
Nun gibt's von Leidenden zwei Sorten:
Den einen fehlt's zuerst – an Worten.
Den andern fehlt's gleich überall:
Sie reden wie ein Wasserfall.
Der Doktor, geistesgegenwärtig,
Wird leicht mit beiden Sorten fertig.
Maßgebend ist ihm ja im Grund –
Nicht Dein Befinden – sein Befund.

Jung und alt

Hie jung – hie alt! Zu wem von beiden
Gehn lieber wir mit unserm Leiden?
Bald sind wir vom Gefühl durchdrungen:
»Das Neueste wissen nur die Jungen!«
Bald wieder sind wir überzeugt:
»Die Ältern haben mehr beäugt!«
Bald sagen wir, als Kosten-Scheuer:
»Ein Titel macht die Sache teuer!«
Bald singen wir das alte Lied:
»Ich, statt zum Schmiedel, geh zum Schmied!«
Bald kriegen wir ins Ohr getuscht:
»Selbst Große haben schon gepfuscht!«
Bald heißt's: »Wer zum Professor rennt –
Und dann macht's doch der Assistent!«
Kurzum, wir armen, armen Kranken
Oft wie das Rohr im Winde schwanken –
Bis dann ein Zufall es entscheidet,
Wer aus dem Rohr sich Pfeifen schneidet.

Vertrauensarzt

Du sollst dem Arzt vertraun – gewiß!
Nur dem Vertrauens- traust Du miß,
Weil er bestellt, zu schauen scharf,
Ob man Dir selbst vertrauen darf.

Aussichten

Schon will der Arzt – wer könnt's vertuschen? –
Dem lieben Gott ins Handwerk pfuschen.
Er bringt zu künstlich neuer Blüte
Die uralt schauerliche Mythe –
Vorerst an hündischen Geschöpfen –
Von jenen arg vertauschten Köpfen.
Uns bangt, ob er's nicht so weit treib,
Daß er den abgenutzten Leib
Ritsch-ratsch ersetzt durch einen jungen.
Und ist erst das einmal gelungen,
Wird sich der Frevel ganz entpuppen:
Der Mensch vereinigt sich zu Gruppen,
Die Köpfe, Herzen, Nieren, Nerven
In einem Leib zusammenwerfen
Zu frisch gezellter Lebenswonne –
Der Rest kommt in die Abfalltonne.
Die Leute laufen dann herum,
Nicht mehr als Individuum, –
Weil ja natürliche Personen
Dann ohnedies sich nicht mehr lohnen –
Nein – mit geballter Leistungskraft
Als rechtsgebundne Körperschaft.

Der Unentwegte

Du kommst zum Doktor als ein Mann,
Der allerhand erzählen kann.
Du bist an Nerven recht zerrüttet:
Zweimal warst Du im Krieg verschüttet.
Er hört kaum hin und sagt: »Jawohl –
Doch wie steht's mit dem Alkohol?«
Du schwörst: Kein Tröpfchen mehr seit Jahren,
Doch Deine Ehe sei verfahren:
Drei Kinder krank, die Frau sehr bös –
Vielleicht macht dies Dich sehr nervös?
»Hum«, brummt der Doktor, »ich versteh –
Wie aber ist's mit dem Kaffee?«
Seit Wochen, schwörst Du, keinen Schluck,
Und wenn, dann höchstens Muckefuck.
»Ja«, sagt der Doktor, »immerhin –
Doch wie steht's mit dem Nikotin?«
Du schwörst – und flehst, daß er Dir glaubt:
Nichtraucher seist Du überhaupt.
»Dann!« sagt der Doktor, »ist kein Grund
Zur Krankheit – Mann, Sie sind gesund!«

Kongressitis

Mißtrauisch sehn wir den verstärkten
Auftrieb zu Mediziner-Märkten:
Anstatt wie früher, still daheim
Der jüngsten Forschung süßen Seim
Zu saugen aus der Fachzeitschrift,
Die Ärzteschaft sich heute trifft
In Tokio und in Daxelburg,
Wo Internist sich und Chirurg
Bereden teils und teils belauschen,
Das neuste Wissen auszutauschen.
Kaum sind sie, wunderbar gespeist,
Nach Köln und Hamburg heimgereist,
Nach München, Tübingen und Gött-,
Schon ist das Neuste ein Gespött,
Und wieder müssen Räder rollen,
Weil sie noch Neueres wissen wollen.
Der Arzt des Fortschritts sei gepriesen
Im Gegensatz zum Feld- Wald- Wiesen-,
Der, fern der jüngsten Wissenschaft,
Zu Hause Krankenscheine rafft.
Doch *einen* Vorteil hat auch *der:*
Er kann gleich kommen, ruft ihn wer.

Ohne mich!

Du führst – gesund, schier neiderregend –
Den Hund spazieren in der Gegend
Und liest, am nächsten Straßeneck,
Ein Schild, daß zu der Heilkunst Zweck
Sich kürzlich nieder hat gelassen
Ein Arzt, vertretend alle Kassen.
Drei Häuser weiter – und schon wieder
Ließ praktisch sich ein Arzt hier nieder.
Du wanderst friedlich hundert Schritte:
Sieh an! Da ist ja schon der dritte!
Gleich nebenan schwingt ein Professer
Als vierter sein Chirurgenmesser.
Ein fünfter treibt's hals-nasen-öhrlich,
Und noch ein sechster Röntgen-röhrlich.
Ein siebter operiert nur plastisch,
Ein achter macht's mehr heilgymnastisch. –
Wobei wir *die* gar nicht erwähnen,
Die helfen möchten Deinen Zähnen. –
Du gehst – wie schon bemerkt, gesund –
Nach Hause still mit Deinem Hund
Und schließt, im Bett noch abends spät,
Sie alle in Dein Nachtgebet:
Sie möchten – *Dich* nur ausgenommen! –
Zu Patienten reichlich kommen.

Streuung

»Nur um die Zähne oder Mandeln
Kann sich's, wenn Sie so müd sind, handeln.
Sie werden wieder heiter werden
Nach ausgeräumten Eiterherden!«
Der Doktor spricht's und räumt nun rüde;
Wir aber bleiben sterbensmüde.
Da wird er aber bitterbös:
»Ihr ganzes Leiden ist nervös!«

Ermunterung

Scheint auch Dein Zustand aussichtslos,
Halt durch – und wär's für Tage bloß!
Nur Mut! Die Rettung ist schon nah –
Sie kommt bestimmt aus USA,
Wo, wie man liest, beinahe stündlich
Die Heilkunst umgewälzt wird, gründlich.
Und wäre auch Dein Fall der schwerste,
Bist Du vielleicht der allererste,
Den, durch die Luft herbeigeeilt,
Von drüben ein Professor heilt!

Wettrüsten

Die fürchterlich das Land durchschnaubt,
Manch blühend Leben uns geraubt:
Die finstre alte Drachenbrut –
Weiß man jetzt auszuschwefeln gut!
Denn kommt man ihr sulfonamidlich,
Dann wird sie harmlos, friedlich-niedlich.
Doch leider hat der Therapeut
Sich des Erfolgs zu früh gefreut:
Die Keime, mit modernsten Mitteln
Vertrieben, scheinbar, aus den Spitteln,
Sie lassen sich nicht fürder locken.
Geharnischt warten Viren, Kokken
Und brechen plötzlich, mit Gewalt,
Hervor aus ihrem Hinterhalt.
Mit panzerbrechend-neuen Waffen
Hofft wieder es der Arzt zu schaffen.
Und Niederlagen gibt's und Siege,
Abwechselnd in dem zähen Kriege.
Gut, wenn wir an der Reihe sind,
Wenn grad die Wissenschaft gewinnt!

Diener und Herr

Ist auch an sich der Mediziner,
Wie sonst kaum wer, der Menschen Diener,
So ist er doch der Herr zugleich;
Und willig beugen arm und reich,
Ablegend Hemd und Rang und Titel,
Sich vor dem Mann im weißen Kittel.

Undank

Ein guter Arzt weiß gleich oft, wo.
Statt daß man dankbar wär und froh,
Ist man so ungerecht und sagt:
»Der hat sich auch nicht arg geplagt!«
Ein andrer tappt ein Jahr daneben –
Mild heißt's: »Müh hat er sich gegeben!«

Zum Trost

Leicht sieht ein jeder, der nicht blind,
Wie krank wir, trotz der Ärzte, sind.
Doch nie wird man die Frage klären,
Wie krank wir ohne Ärzte wären.

Zweifache Wirkung

Das ist der Krankenhäuser Sinn,
Daß man – wenn's geht – gesund wird drin.
Doch wenn man's ist: dann schnell heraus!
Ansteckend ist das Krankenhaus.

Selbstbedienung

Man weiß, das Personal wird rar –
Doch Rettung wächst mit der Gefahr.
Statt daß man schon in aller Frühe
Die brave Schwesternschaft bemühe,
Schiebt man dem Kranken an sein Bett
Ein automatisch Wunderbrett,
Das sich, mit Hilfe vieler Schalter,
Als Wärter zeigt und Unterhalter.
Beim Druck auf ein bestimmtes Knöpfchen
Reicht es ihm Pillen zu und Tröpfchen.
Licht an – Licht aus; den Vorhang auf! –
Wie man's grad wünscht im Tageslauf.
Der Kranke wird gekämmt, gewaschen,
Versehn mit jeder Art von Flaschen;
Des Zimmers Wärme wird gesteuert,
Selbsttätig der Verband erneuert.
Auch Zuspruch ist zu haben, seelisch –
Nach Wahl: katholisch – evangelisch.
Punkt fünf – sollt er's auch selbst vergessen –
Wird seine Tempratur gemessen.
Den Puls erfühlt ein eigner Zähler. –
Nur: schleicht sich technisch ein ein Fehler,
Bleibt hilflos liegen man wie gestern:
Vergebens ruft man nach den Schwestern. –
Zu sparen ihre Liebeskraft
Hat man das Brett ja angeschafft!

Psychosomatisches

Weil Leib und Seel gehörn zusammen,
Muß auch manch Körperleiden stammen
In magischem Zusammenwirken
Aus unsern seelischen Bezirken.
Doch nicht nur, daß die eigne Seel'
Wir unbewußt oft halten fehl:
Schuld trägt auch häufig die Familie,
Die manche hoffnungsvolle Lilie,
Noch eh sie recht erblüht ist, knickt:
Die Freude wird im Keim erstickt.
Aus gegenseitgem Sich-erbosen
Entwickeln sich die Herzneurosen.
Nachts kommt besoffen heim der Vater,
Die Mutter schwärmt nur fürs Theater,
Die Schwiegermutter ist recht zänkisch,
Die Tante eingebildet kränkisch,
Am Marke der Familie saugen
Auch noch zwei Brüder, die nichts taugen.
Da spricht der Seelenkundler weise:
Kein Wunder, wenn in solchem Kreise
Bei dergestalten Lebensläufen
Sich, seelenleiblich, Schäden häufen.
So war das freilich immer zwar,
Doch jetzt macht's Wissenschaft erst klar:
Sie bringt auf neue, stolze Höh
Die alte Lehre vom Milieu.

Traxler

So und so

Man hört jetzt mit dem Schlagwort werben:
»Wer arm ist, der muß früher sterben!«
Doch oft ist auch nicht zu beneiden
Der Reiche: er muß länger leiden!

So und so

Gesunde quält oft der Gedanke:
Wohin sie schauen – lauter Kranke!
Doch blickt ein Kranker in die Runde,
Sieht er nur unverschämt Gesunde.

Einsicht

Der Kranke traut nur widerwillig
Dem Arzt, der's schmerzlos macht und billig.
Laßt nie den alten Grundsatz rosten:
Es muß a) wehtun, b) was kosten.

Arztwechsel

Der Hausarzt, tüchtig und bescheiden,
War einst der Hüter unsrer Leiden.
Er ward uns Helfer, ward uns Freund. –
Jetzt wird nur noch herumgestreunt.
Half nicht der erste Herr Professer,
Dann ist gewiß der zweite besser,
Und bald – das ist bei uns so Sitte –
Denkt man, der beste sei der dritte.
Ein jeder fängt von vorne an,
Tut, was die andern schon getan:
Sollt er sich fremder Einsicht beugen?
Nein, er muß selbst sich überzeugen!
Er läßt den ganzen Heiltumsschatz,
Vom EKG bis Grundumsatz,
Frisch auf uns los; und wenig gilt
Das jüngst erstellte Röntgenbild.
Nach mancher Messung und Verbuchung
Sind wir jetzt reif zur Untersuchung,
Bei der wir wieder neu erfahren,
Was man uns schon gesagt vor Jahren,
Und wofür wir auch danken, kindlich:
Daß unsre Galle reizempfindlich,
Und unser Herz ein bißchen groß –
Daß aber sonst nicht recht viel los.
Wir tragen leichter unsre Qual
Ein Jahr lang – bis zum nächstenmal …

Ärztliche Bemühung

Der Doktor greif im Notfall ein –
Es muß nicht gleich ein Eingriff sein!

Gleichgewicht

Was bringt den Doktor um sein Brot?
a) die Gesundheit, b) der Tod.
Drum hält der Arzt, auf daß *er* lebe,
Uns zwischen beiden in der Schwebe.

Diagnose

Höchst ratsam ist die mitleidlose
Und äußerst düstre Diagnose,
Die nie des Doktors Ruf verdirbt:
Gesetzt den Fall, der Kranke stirbt –
Am Schrecken gar, ihm eingejagt –
Heißt's: »Ja, der Arzt hat's gleich gesagt!«
Jedoch, wenn er ihn retten kann,
Dann steht er da als Wundermann ...

Arztfrauen

Die Doktorsfrau ist übel dran:
Der sonst gewissenhafte Mann
Versäumt an ihr just seine Pflicht –
Und »freie Arztwahl« hat sie nicht.

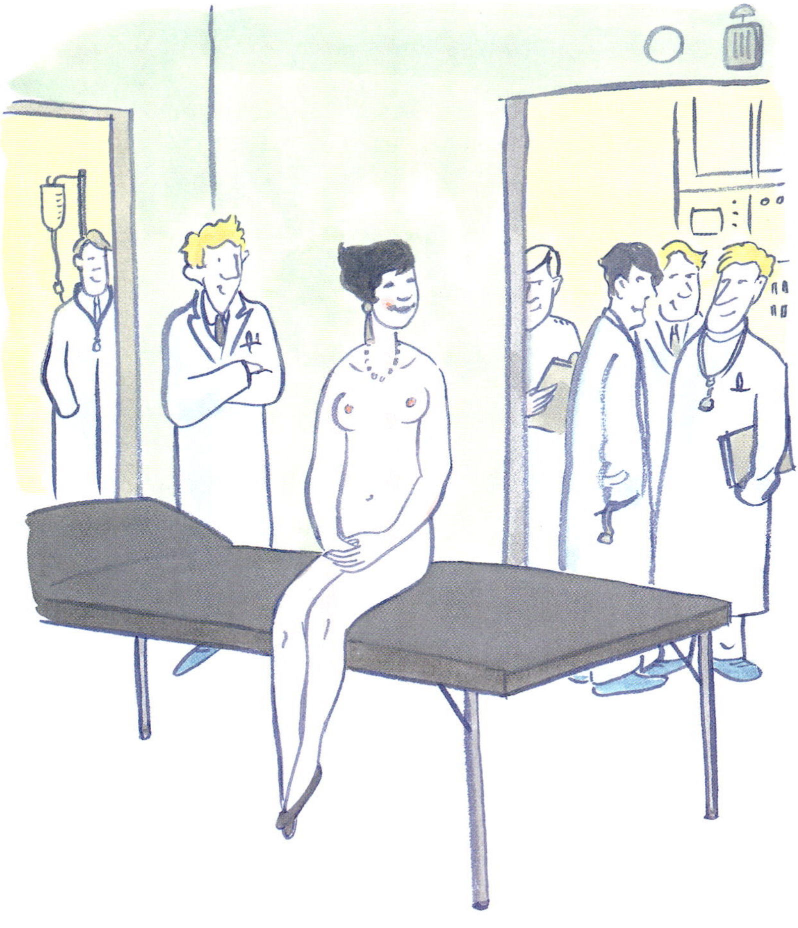

»Schein«-Behandlung?

Scheinkranke stellen gern sich ein,
Genügt dazu ein Krankenschein.

Privatpraxis

Der Arzt heißt herzlich Dich willkommen,
Was Dir auch fehlt – Geld ausgenommen!

Wunden

Wenn Dir der Doktor, gar noch barsch,
Reißt den Verband vom Wundenharsch,
So gibt er nichts auf Dein Gestöhn. –
Ganz glücklich sagt er: »Ei, wie schön!«
Was, schmerzverwirrt, Du noch nicht siehst,
Er sieht's: daß sich die Wunde schließt.

Der Landarzt

Des Landarzts Mühsal, oft geschildert,
Hat sich zur »Spritztour« jetzt gemildert.

Seelen-Sanitäter

Der Arzt als Freund – das läßt man gelten.
Der Freund als Arzt behagt uns selten.
Mit Heilstoff, wenn auch ziemlich bitter,
Versorgt uns immer gern ein Dritter.
Er tut's aus reiner Nächstenpflicht:
Die milden Salben helfen nicht!
Schmerzhaft aus uns zu ziehn das Laster,
Streicht er uns seinen Senf aufs Pflaster;
Geschickt sucht er was hinzureiben,
Um falsche Hoffnung auszutreiben.
Die Liebeswunde schmerzt verteufelt –
Schon hat er sie mit Jod beträufelt.
Was an uns selbst wir überschätzen,
Weiß er mit Höllenstein zu ätzen.
Besonders gern sticht er den Star
Und sagt, was traurig, aber wahr.
Kurz – er ist oft nicht sehr bequem.
Doch wir vermissen ihn trotzdem,
Seit wir so einsam sind zu Haus:
Hausfreund, wie Hausarzt, sterben aus.

Flucht

Wir haben einst als kleine Knaben
Aus lauter Angst vor Schulaufgaben
Die Influenza selbst erzeugt.
Voll Mißtraun wurden wir beäugt;
Und doch – es reichte zur Begründung
Des Hausarzts: »Leichte Halsentzündung!«
Wir lagen in den saubern Kissen
Mit nicht ganz sauberem Gewissen –
Nichts wissend von den psychosomen,
Streng wissenschaftlichen Symptomen.
Wir freuten uns der Anwartschaft
Auf Bilderbuch und Himbeersaft.
Je nun, wir wurden älter – und,
Selbst wenn wir wirklich nicht gesund,
Hielt eisern aufrecht uns die Pflicht:
Man stirbt, doch man ergibt sich nicht!
Nur manche, kindhaft lebenswierig,
Die werfen, kaum wird's etwas schwierig,
Daß Leiden sich des Leids erbarme,
Der Krankheit feig sich in die Arme –
Natürlich nicht grad Magenkrämpfen! –
Sie suchen, aus den Daseinskämpfen
Geflüchtet, sich die Krankheit nett aus. –
Und sind erst wieder kühn, vom Bett aus.

Ersatz

Wer nicht mehr traut auf Gottes Willen,
Ersetzt sein Nachtgebet durch Pillen.

Geschütteltes

Du sollst Dein krankes Nierenbecken
Nicht mit zu kalten Bieren necken.

Auch müßtest Du bei Magenleiden
Den Wein aus sauren Lagen meiden.

Glaub nicht, daß alle Zungen lügen,
Die warnen vor den Lungenzügen.

Auf Pille nicht noch Salbe hoff,
Wer täglich dreizehn Halbe soff.

Wer kann mit frohem Herzen schmausen,
Wenn tief im Stockzahn Schmerzen hausen?

Du spürst der ganzen Sippe Groll,
Die pflegen Dich bei Grippe soll.

Statt jeden, der noch lacht, zu neiden,
Am Neid dann Tag und Nacht zu leiden,
Sich Kummer, weil man litt, zu machen:
Ist's besser, selbst gleich mitzulachen.

Geschenke

Wenn bummelnd durch die Stadt Du gehst
Und müßig vor Geschäften stehst,
Schau in die Läden nicht zu scharf,
Die zeigen »Krankenhausbedarf«.
Sie preisen zwar mit milden Worten
Das Folterwerkzeug aller Sorten,
Doch Dich ergreift ein eisiger Schreck –
Am besten schaust Du schleunig weg.
Nicht freilich so zur Weihnachtszeit,
Wo auch der Bandagist bereit,
Zu fördern liebreich den Gedanken,
Wie man erfreu die armen Kranken.
Er schmückt, (statt's gar nicht herzuzeigen)
Ein »Entlein« grün mit Tannenzweigen;
Um medizinisch ernste Spritzen
Läßt hold er goldne Sternlein blitzen
Und ein begehrenswertes Bruchband
Versieht er fromm mit einem Spruchband,
Das von der Zeit, so gnadenvoll,
Die Menschen überzeugen soll,
Sofern sie guten Willens sind –
Und etwas Passendes sich find.

Einschüchterung

Von Wechseljahren weiß der Kenner,
Daß sie gefährlich auch für Männer.
Schon naht – sonst abhold der Verrohung –
Der Fachmann mit massiver Drohung:
Sie haben Sand in den Gelenken!
Sie können nicht mehr richtig denken!
Sie haben Kribbeln in den Beinen!
Sie fangen grundlos an zu weinen!
Sie sind versucht, sich selbst zu töten,
Sie leiden unter Atemnöten,
Schweiß rinnt von Ihnen, ganze Bäche!
Sie fürchten sich vor Manneschwäche!
Sie haben Angst vor Frauenzimmern!
Sie leiden unter Augenflimmern,
Schlaflosigkeit und Nervenzucken,
Fußkälte, Kopfweh, Schwindel, Jucken,
Ihr Herz beginnt zu klopfen, jagen,
Müd sind Sie, nieder-, abgeschlagen!!
Der Ärmste, der dies schaudernd liest,
Kriegt's mit der Angst und sagt: »Na, siehst!«
Und nimmt – das war der Warnung Willen –
Ab heut die guten Knoblauch-Pillen!

Vorsicht!

Du kriegst, wenn Du sie nicht schon hast,
Gastritis leicht als Wirtshaus-Gast.

Wandlung

Daß wir den Arzt nicht fürchten dürfen,
Ist klar – doch wenn wir tiefer schürfen,
So kommen wir auf den Gedanken:
Heut fürchtet mehr der Arzt die Kranken!

Ärger

Es gilt, just bei nervösen Leiden,
Aufregung aller Art zu meiden;
Besonders, wie der Doktor rät,
Vorm Schlafengehen, abends spät.
Noch mehr fast, fleht er, gib Dir Müh,
Dich nicht zu ärgern in der Früh.
Und, bitte, ja nicht zu vergessen:
Niemals, vorm, beim und nach dem Essen.
Wer streng zu folgen ihm, bereit,
Hat, sich zu ärgern, kaum mehr Zeit.

Zuversicht

Am Abend sieht man manchen Kranken
Gewaltig Medizinen tanken:
Für Herz und Magen, Kopf und Nerven
Füllt er sich an mit Heilkonserven;
Er hofft, daß morgen früh die Gaben
Gewirkt beim Aufstehn werden haben.
Und gläubig schließt er seinen Pakt
Schon jetzt mit dem Futur exakt.

Legendenbildung

Drei Tage lang war einer krank, –
Dann hüpft er wieder, frisch und frank.
Jedoch schon bei den ersten Fragen
Sprach er von acht, ja vierzehn Tagen.
Ward späterhin der Fall besprochen,
Erzählte er von drei, vier Wochen.
Dann gab er an, daß letztes Jahr
Er schwerkrank, siebzehn Wochen war.
In der Erinnrung, längst genesen,
Ist jahrelang er siech gewesen.

Aufschub

Der Tod hat es in unsern Tagen
Nicht mehr so leicht, er muß sich plagen!
Die Medizin, die meisterliche,
Kommt mehr und mehr ihm auf die Schliche.
Er kann, selbst wenn es Gott befohlen,
Uns nicht, so mir nichts, Dir nichts, holen.
Der Mensch fuhr früher rasch dahin –
Jetzt bremst man mit Penicillin.
Und einer, der vor Gottes Stufen
Bereits so gut schien, wie gerufen:
Der Arzt, wer weiß, ob auch zum Glück,
Ruft in das Leben ihn zurück.
Und doch, mag man ihn manchmal stoppen,
Läßt sich der Tod am End nicht foppen;
Und mehr als einem tat's schon leid,
Daß er nicht ging – zur rechten Zeit.

Die Stütze

Gesunde stürzen ohne Halt –
Wer kränkelt, wird gar achtzig alt.
Sein Leiden wird zum festen Stab,
ran er sich schleppt bis an das Grab.

Billiger Rat

Wenn ein Bekannter, schwer erkrankt,
Ob er sich schneiden lasse, schwankt,
Rät gern zu heldischem Entschluß,
Wer ihn nicht selber fassen muß;
Ihm fehlt's an Gründen nicht, an seichtern,
Den Schritt dem andern zu erleichtern
Und noch viel weniger an tiefern,
Ans Messer herzlos ihn zu liefern:
Ich bitte Dich, in unsrer Zeit
Ist so was eine Kleinigkeit!
Ich wollt mich keine Stund besinnen,
Denn frisch gewagt, heißt halb gewinnen!
Die jetzigen Chirurgen machen
Doch spielend noch ganz andre Sachen!
Wer also spricht, hat nichts gewagt:
Denn wenn des Arztes Kunst versagt,
Kann sich, wer tot, nicht mehr beschweren;
Wenn's glückt, dann kommt man hoch zu Ehren,
Als der, der zu entschlossnen Taten
Mit Recht dem Zaudernden geraten!

Salben

Die beste Wirkungskraft verliert
Die Salbe, die zu dick geschmiert.
Auch Zuspruch, wenn er heilen soll,
Sei darum nicht zu salbungsvoll.

Hoffnungen

Nicht nur die stolze Firma Bayer,
Nein, auch der Apotheker Mayer
Und Hinterhuber, der Drogist,
Sehn, was die Welt an Pillen frißt
Und nährn die Hoffnung drum im Busen,
Daß sie, schier so wie Leverkusen
Und andere Erzeugungsstätten,
Glück mit dergleichen Sachen hätten.
Soll er denn, fragt sich jeder Brave,
Für ewig sein der Handelssklave
Der Firmen all, der reichen, großen?
Kann er nicht selbst noch Pulver stoßen
Und Pillen drehn, wie es der Ahn
Jahrhunderte hindurch getan?
Der Anfang ist oft klein, ja winzig,
Knoblauchig oder pfefferminzig,
Doch Kühnere voll Tatkraft werfen
Sich schon auf Kreislauf, Herz und Nerven
Und, leicht durchsetzt mit Weltanschauung,
Auf die geregelte Verdauung.
Im Laden ein Plakat schon prunkt:
»Erkennst Du Deinen dunklen Punkt??
Er wird durch Mittel prompt erhellt,
Von mir persönlich hergestellt!«
Und vor des Schöpfers innerm Blick
Steht schon, gewaltig, die Fabrik.

Schwierige Operation

Nur sehr Geschickte sollten wagen,
Sich Wünsche aus dem Sinn zu schlagen.
Steckt so ein Wunsch erst richtig drin,
Trifft man statt seiner just den Sinn
Und läuft, was ärgerlich und dumm,
Statt wunschlos – sinnlos nur herum.

Patent

Der Kranke greift zur Medizin,
Froh überzeugt, sie heile ihn.
Doch ist sie leider, gleich der Nuß,
Gebannt in den Patentverschluß.
Der Ärmste plag sich, wie er mag:
Geheimnisvoll am lichten Tag
Läßt sich mit Hebeln nicht und Schrauben
Die Büchse ihren Inhalt rauben.
Hätt er die Medizin genommen,
Der Kranke wär davongekommen.
Doch starb er noch in selber Nacht:
Er hat das Dings nicht aufgebracht.

Heilungsprozess

Was jeder Mensch wohl wissen dürft:
Daß man, wenn man sich aufgeschürft,
Geritzt, gestochen, sonst verletzt –
Und 's hat sich Wundharsch angesetzt,
Die ganze Sache nur verpatzt,
Wenn man voreilig zupft und kratzt.
Auch sieht man aus den kleinsten Pickeln
Sich scheußlich ein Geschwür entwickeln,
Weil man gesucht, noch eh es Zeit,
Nach einer – Ausdrucksmöglichkeit.
Was eben werden wollte heil,
Verwandelt sich ins Gegenteil.
Was ist am Weltenleiden schuld?
Die Ungeduld, die Ungeduld!

Verpasste Zeit

Sobald Dir Dein Gewissen rät,
's wär höchste Zeit – ist's schon zu spät!

Stoffwechsel

Höchst unterschiedlich im Vertragen
War auch seit je der Seelenmagen,
So daß ein chronisch-milder Gram
Dem einen gar nicht schlecht bekam,
Der reagierte andrerseits
Schlecht auf akuten Ärger-Reiz.
Ein zweiter, ohne jede Störung,
Nährt sich von Jähzorn und Empörung,
Wogegen jede Art von Stauung
Sich schlüge bös auf die Verdauung.
Man sieht, auch seelisch schmeckt dem Esser
Hier dies und dort das andre besser.

Leber

Das Dasein ist dem nicht erhebend,
Der leberleidend, leider, lebend.
Wer kerngesund, weiß bis zum Grabe
Kaum, daß er eine Leber habe.
Doch sind, kommt's erst einmal zum Klappen,
Nicht mehr Lappalien die paar Lappen.

Erhöhte Ansprüche

Der Arzt ist heut dazu verpflichtet,
Daß höchst modern er eingerichtet.
Einst hat genügt für solche Zaubrer
Ein weißer Mantel schon, ein saubrer,
Ein Stethoskop als Zauberstecken,
Und, nur um heilsam zu erschrecken,
Ein reinlich präparierter Tod,
Ein bißchen Watte, Mull und Jod,
Ein paar Rezept- und Zauberbücher –
Zufrieden waren die Besücher.
Doch heut braucht er zu seinen Taten
Ein Arsenal von Apparaten.
Auch wenn die Dinger gar nicht gehn –
Sie müssen in der Praxis stehn.

Hydrobiologie

Geboren wird der Mensch als nasser:
Ein Säugling ist fast durchwegs Wasser –
Bis er, obwohl er saugt und säuft,
Auf dieser Welt sich trocken läuft.
Erst wird er's, meistens, hinterm Ohr –
Zuletzt vergeht ihm der Humor.
Und, leider, bis ins Mark verdorrt,
Lebt er Jahrzehnte lang noch fort.

Vergebliche Warnung

Der Leib sagt es der Seele oft,
Daß er auf ihre Beßrung hofft;
Er fleht, das Rauchen einzudämmen,
Ihn nicht mit Bier zu überschwemmen,
Ihm etwas Ruhe doch zu gönnen –
Bald werd er's nicht mehr schaffen können.
Die Seele murrt: »Laß Dein Geplärr!
Du bist der Knecht – ich bin der Herr!«
Der Körper, tief beleidigt, schweigt –
Bis er dann eines Tages streikt:
Die Seele, hilflos und bedeppt,
Den kranken Leib zum Doktor schleppt.
Und was, meint Ihr, erfährt sie dort?
Genau dasselbe, Wort für Wort,
Womit der Leib ihr Jahr und Tag
Vergeblich in den Ohren lag.

Schlafmittel

Der süße Schlaf, naturgesteuert,
Wird, ach! jetzt barbiturgesäuert.
Das muß sich rächen auf die Dauer:
Das Aufstehn, morgens, fällt uns sauer!

Der Kinderarzt

Der Kinderarzt lebt nicht so sehr
Vom Kind, das krank ist, wirklich schwer –
Das sind die Fälle nur, die seltern –
Als von der Angst der lieben Eltern.
Sie ist es, die er heilt im Grund –
Das Kind wird meist von selbst gesund.
Postscriptum: Trotzdem sei doch lieber
Der Arzt geholt, beim kleinsten Fieber,
Wenn's sein muß, selbst um Mitternacht –
Denn einmal nur die Angst verlacht,
War diesmal sie nicht unbegründet:
Hellauf schon brennt, was sich entzündet.

Vorschlag

Auch Röntgenbilder, schön geblitzt,
Kann, wer sie schwarz auf weiß besitzt,
Getrost und stolz nach Hause tragen.
Er zeigt den Seinen Herz und Magen,
Läßt Leute tun, die ihm fast fremd,
Die tiefsten Blicke unters Hemd,
Wo's jenseits weit von männlich-weiblich,
Ganz keusch wird, knie- und bänderscheiblich.
Schon hört den Wunsch man allenthalben
Nach Röntgenbild-Familienalben.

Übergescheit

Klug maßt ein Psychologe mut,
Warum man dies und jenes tut.
Und er sucht Gründe, immer tiefer,
Als wohlgeübter Seelenschliefer.
Wie er sich auch den Kopf zerbricht:
An schlichte Dummheit denkt er nicht.

Psychoanalyse

Ein kluger Seelen-Wurzelgraber
Weiß viel ans Licht zu bringen – aber
Vergeßt dabei das eine nicht:
Die Wurzeln sterben ab im Licht!

Forschung

Oft denkt zwar einer Tag und Nacht –
Und hat sich nichts dabei gedacht.
Erst jetzt forscht Physiologie
Nicht, *was* der Mensch denkt, sondern *wie*.

Röntgenbild

Ein Meister allen Jüngern riet,
Nur das zu glauben, was man sieht.
Und doch – der Einwand sei erlaubt,
Daß mancher das sieht, was er glaubt.

Luftkur

Den Kranken bringt mit gutem Grund
Man dorthin, wo die Luft gesund.
Doch schon sind allzu viele dort,
Und es entsteht ein Luftkurort:
Die Luft, beansprucht allzusehr,
Erholt sich alsbald selbst nicht mehr.

Fieber-Fantasie

Manch einer hat im Leben nie,
Selbst nicht bei Fieber, Fantasie.
Vielleicht, daß es ein bißchen blitzt,
Wird er auf vierzig Grad erhitzt.
Doch häufig tötet dann den Kranken
Sein erster feuriger Gedanken.

Kunst

Mitunter fälscht wer, gar nicht schlecht,
Ein Krankheitsbild, als wär es echt.
Dann wird, es richtig zu bewerten,
Der Doktor gar zum Kunstexperten.

Wohlfahrt

Was ist gar vieler Menschen Traum?
Die Rentenfrucht am Leidensbaum.

Reiskur

Der Patient hat fest versprochen,
Nur Reis zu essen, sieben Wochen.
Erst tut er's streng: salzlos, gewässert,
Dann insgeheim schon leicht verbessert;
Dann in der Form des süßen Breis;
Dann Reis mit Huhn; dann Huhn mit Reis –
Um im Gefühle eines Helden
Beim Doktor wieder sich zu melden.
Und sieh! Der Patient hat Glück:
Der hohe Blutdruck ging zurück,
Und beide singen Lob und Preis
Dem wundertätig-edlen Reis.

Darum!

Damit man doch zum Doktor geh,
Schuf Gott den Schmerz – denn, tät's nicht weh,
Dann säß der erste Arzt noch immer
Allein in seinem Wartezimmer.

Zeit heilt

Wenn ihn nicht gleich der Tod ereilt,
Hat manchen schon die Zeit geheilt.
Den einen, der beim Scheiterspalten
Die große Zeh für Holz gehalten;
Den andern, den vor Zeit ein Schaf
Knie-scheibenschießend übel traf;
Den dritten, der sich schon wollt morden,
Weil nicht bekommen er den Orden;
Den vierten, der an einer stolzen
Wunschmaid in Tränen schier zerschmolzen;
Den fünften, der mit Schreck vernommen,
Daß ihm die Felle weggeschwommen;
Den sechsten, der voll Gram gewesen,
Weil keiner sein Gedicht gelesen. –
Lang, lang ist's her; es wird die Qual
Zum Märchen schon: es war einmal ...
Und alle leben so ganz friedlich –
Nur ein klein bißchen invalidlich.

Unterschiedlich

Schwer ist's mitunter zu entscheiden:
Ein Leid wiegt mehr als hundert Leiden.
Doch ist auch manchmal, umgekehrt,
Ein Leiden hundert Leide wert.

Augen

Man hält sogar jetzt Augenbanken
Bereit zum Austausch für die Kranken.
Sie schaun – und freuen sich daran –
Die Welt mit andern Augen an.

Kassenhass

Ein Mann, der eine ganze Masse
Gezahlt hat in die Krankenkasse,
Schickt jetzt die nötigen Papiere,
Damit auch sie nun tu das Ihre.
Jedoch er kriegt nach längrer Zeit
Statt baren Gelds nur den Bescheid,
Nach Paragraphenziffer X
Bekomme vorerst er noch nix,
Weil, siehe Ziffer Y,
Man dies und das gestrichen schon,
So daß er nichts, laut Ziffer Z
Beanzuspruchen weiter hätt.
Hingegen heißt's, nach Ziffer A,
Daß er vermutlich übersah,
Daß alle Kassen, selbst in Nöten,
Den Beitrag leider stark erhöhten
Und daß man sich, mit gleichem Schreiben,
Gezwungen seh, ihn einzutreiben.
Besagter Mann denkt, krankenkäßlich,
In Zukunft ausgesprochen häßlich.

Blutübertragung

Wir sind auf unsre Ahnen stolz:
Ihr Blut, in unsern Adern rollt's!
Jetzt kreist oft Blut in unsern Bahnen,
Von Leuten, die wir gar nicht ahnen.

Mahnung

Die Welt, bedacht auf platten Nutzen,
Sucht auch die Seelen auszuputzen;
Das Sumpf-Entwässern, Wälder-Roden
Schafft einwandfreien Ackerboden,
Und schon kann die Statistik prahlen
Mit beispiellosen Fortschrittszahlen.
Doch langsam merken's auch die Deppen:
Die Seelen schwinden und versteppen!
Denn nirgends mehr, so weit man sieht,
Gibt es ein Seelen-Schutzgebiet:
Kein Wald, drin Traumes Vöglein sitzen,
Kein Bach, drin Frohsinns Fischlein blitzen,
Kein Busch, im Schmerz sich zu verkriechen,
Kein Blümlein, Andacht draus zu riechen.
Nichts, als ein ödes Feld – mit Leuten
Bestellt, es restlos auszubeuten.
Drum, wollt Ihr nicht zugrunde gehn,
Laßt noch ein bißchen Wildnis stehn!

Guter Zuspruch

Wenn sonst ein Gatte an was litt,
Beleidete die Frau ihn mit.
Doch trifft man auch das Gegenteil –
Die Frau nur schimpft: »Natürlich, weil:
Du einfach nie zum Doktor gehst;
Barfuß auf kalten Böden stehst,
Nie pünktlich nimmst die Medizin,
Hinarbeit'st selbst auf den Ruin
Beim Baden immer untertauchst,
Den ganzen Tag Zigarren rauchst,
Hineinfrißt, was Du nicht verträgst,
Am Ast, auf dem wir sitzen, sägst,
Zu jeder Warnung blöd nur lachst,
Nie ernstlich Dir Gedanken machst – –
Das würde Dir vielleicht so passen,
Als Witwe mich zu hinterlassen!«
So schlägt sie nieder ihn mit Keulen
Und jetzt fängt sie gar an zu heulen.
Der Mann, gelockert und bewässert,
Verspricht, daß er sich schleunig bessert. –

Gegen Müdigkeit

Bei Müdigkeit wär zu erproben:
Laß a) den Kranken selbst sich loben,
b) äußern seine Weltbeschwerden –
Und sieh, er wird's nicht müde werden!

Angstträume

Wen hätt nicht schon der Traum gepackt,
Daß er dahinläuft, splitternackt,
Sich furchtbar schämt – und doch so tut,
Als liefe er recht frohgemut,
Ganz ohne Angst vor all den Leuten,
Die schon mit Fingern auf ihn deuten.
Wer reicht ihm einen Lendenschurz?
Wer gräbt ihm frei des Traumes Wurz?
Hat's einen Sinn, nach dem Erwachen
Der Welt den Traum bekanntzumachen?
Wird seine Frau ihn recht verstehn?
Soll er zum Therapeuten gehn?
Soll er bei Freud und Adler schürfen,
Ob wir dergleichen träumen dürfen?
Vielleicht verrät der Mensch, als nackter,
Den baren Mangel an Charakter?
Eh dies entschieden, sinkt zum Glück
Der böse Traum ins Nichts zurück.
Beim ersten Blick auf Hemd und Hosen
Verschäumt er leicht im Wesenlosen.

Höfliche Bitte

Die Welt ist ungemein empfindlich:
Wer Wunden schlägt, sei auch verbindlich!

Das Hausbuch

Mehr Geld-verdienstlich wirkt, als rühmlich,
Wer Wissenschaft macht volkestümlich;
Als fleißiger Zusammenschmelzer
Bringt er in einen dicken Wälzer,
Teils, was die Welt gewußt seit Jahren,
Teils, was sie eben erst erfahren,
Teils, was sie – bis auf einen Kreis
Von Fachgelehrten – noch nicht weiß.
Vielseitig macht der Wicht sich wichtig:
Wie geht, steht, schnauft und schneuzt man richtig?
Das Fenster, offen sonst bei Nacht,
Bei Lärm und Frost sei's zugemacht.
Doch kann er auch bei schwerern Fällen
Sein Wissen zur Verfügung stellen,
Denn er beherrscht den jüngsten Markt:
Bandscheiben, Stress und Herzinfarkt.
Wie sonst die Leute Schweine mästen,
So nährt er seine Zettelkästen,
Um das, was andre vor ihm dachten,
Zur rechten Stunde auszuschlachten.
Sein Werk empfehl ich im besondern
Der Hausfrau – und den Hypochondern.

Zahnweh

Bescheiden fängt ein alter Zahn,
Der lange schwieg, zu reden an.
Entschlossen, nicht auf ihn zu hören,
Tun wir, als würd uns das nicht stören.
Der unverschämte Zahn jedoch
Erklärt, er hab bestimmt ein Loch
Und schließlich meint er, ziemlich deutlich,
Daß ihm nicht wohl sei, wurzelhäutlich.
Wir reden dreist ihm ins Gewissen:
»Wenn Du nicht schweigst, wirst Du gerissen!«
Doch wie? Der Lümmel lacht dazu:
»Das fürcht ich lang nicht so wie Du!«
Wir suchen mild ihn zu versöhnen:
»Ließ ich Dich golden nicht bekrönen?
Schau, haben nicht wir beiden Alten
Zusammen jetzt so lang gehalten?
So manchen guten Biß geteilt?«
Es ist umsonst, er bohrt und feilt
Und sieht nicht ein, wie es verwerflich,
Uns völlig zu zersägen, nervlich.
Wir werden stark! (In Wahrheit: schwach!)
Am nächsten Morgen kommt's zum Krach.
Der Zahn wehrt sich mit Löwenmut;
Doch übersteht er's schließlich gut.
Uns aber bangt schon – Zahn um Zahn –
Bald kommt vielleicht der nächste dran!

Inserate

Selbst Blätter, die sonst ernstzunehmen,
Sich nicht der ganzen Seiten schämen,
Darauf sie, dienstbar dem Gesindel,
Anpreisen jeden Heilungsschwindel.
Das aufgeklärte Publikum
Ist heut ja noch genau so dumm,
Wie in der Zeit der Wunderkuren,
Zahnbrecher und Geheimtinkturen.
Ja, es vertraut, so blind wie nie,
Dem Teufelsspuke der Chemie.
Muß man sich dem Erfolg nicht beugen,
Wenn Frauen schockweis ihn bezeugen,
Die alle, hergezeigt in Bildern,
Eingehendst die Verdauung schildern,
Die sie, durch das besagte Mittel,
Abmagern ließ um gut ein Drittel?
Der Gatte, Jugendglanz im Blicke,
Nennt sie nun nicht mehr »meine Dicke«,
Er sagt: »Mein Mädchen!« zu der Stolzen,
Bewundernd, wie sie hingeschmolzen.
Die Welt wird mager – nur die Blätter,
Die werden durch die Firma fetter,
Die weiter nichts braucht abzuführen
Als ihre Inserat-Gebühren.

Principiis obsta!

Machthunger heilt und Tatendurst
Ihr nie und nimmer mit der Wurst,
Um die's dann geht! Nein, eh's zu spät,
Verordnet äußerste Diät!

Hoffnung

Die einen jubeln: Wirtschaftswunder!
Die andern schrein: Schon glimmt der Zunder!
Doch jeder hofft, mit heilem Hintern
Auch diesmal noch zu überwintern.

Trübe Erfahrung

Als Kind schon wir zu hören kriegen,
Daß wir, wie wir uns betten, liegen.
Doch dann sehn anders wir's verkettet:
Wer richtig liegt, wird gut gebettet.

Kontaktarmut

Daß er an Spannung nichts verliert,
Lebt heute jeder isoliert.

Beinahe

Ein Reisender in Afrika
Zwar Löwen weit und breit nicht sah,
Doch gierig, selbst sich zu verhelden,
Will er zu Hause trotzdem melden,
Ihn hätten – was ihm alle gönnen –
Leicht echte Löwen fressen können.
Der Kranke, dem fast nichts gefehlt,
Ist oft vom gleichen Drang beseelt;
Und er erzählt voll Schauderwonnen,
Wie knapp er nur dem Tod entronnen.
Der Arzt hat's selbst ihm angedeutet:
Fast hätt man ihn zu Grab geläutet.
In diesem würde er jetzt liegen,
Wär's Fieber *noch* zwei Grad gestiegen.
Und seine Grabschrift könnt man lesen,
Wär nicht sein Herz so stark gewesen.
Man hätte ihn hinausgetragen,
Hätt Gelbsucht sich dazugeschlagen.
Und längst läg er im kühlen Bette,
Wenn gar versagt die Niere hätte.
Er hätte müssen in die Erden,
Wärn auch gekommen Milzbeschwerden …
Wir schmunzeln nur in diesem Falle:
So beinah starben wir schon alle!

Ausflüchte

Zum Werke der Barmherzigkeit
Ist stets ein guter Mensch bereit:
Er wird mit Blumen, Obst und Kuchen
Demnächst den kranken Freund besuchen!
Doch weicht die erste zarte Regung
Der Übermacht von Überlegung:
Zeit kostet's, Geld und Überwindung …
Die schlechte Straßenbahnverbindung …
's ist erst die Frage, ob und wann
Man ihn besuchen darf und kann …
Vermutlich ist der Arzt dagegen …
Wie häufig kommt man ungelegen …
Er braucht die Schüssel grad – wie peinlich …
Am liebsten schläft er, höchstwahrscheinlich.
Vielleicht ist arg er überlaufen,
Hat Blumen, Bücher schon in Haufen.
Ich frag doch vorher den Professer …
Die nächste Woche läg mir besser.
Die Luft im Krankenhause haß ich –
Ich glaub, das Ganze unterlaß ich …
Vielleicht kommt demnächst er heraus,
Und ich besuch ihn dann zu Haus … –
Heraus nun kommt der Kranke zwar,
Doch leider auf der Totenbahr.
Die Frage bleibt sich schier die gleiche:
Ob er wohl geht mit seiner Leiche?

Der Herrenfahrer

Solang Dein Motor richtig läuft,
Macht's nichts, wenn Widrigkeit sich häuft:
Du kommst – und wär's durch dicksten Dreck –
Mit rücksichtsloser Kraft vom Fleck,
Du überfährst die Welt mit Wucht
Und rettest Dich durch Fahrerflucht.
Doch eines Tags, nach goldnen Jahren,
Hast Du den Karrn kaputtgefahren,
Und schmerzhaft kommt's Dir in den Sinn,
Was in dem Motor alles drin
An Röhren, Strängen, Leitern, Klappen,
An Linsen, Trommeln, Filtern, Lappen,
An Deckeln, Pumpen, Netzen, Kammern:
Erbärmlich fängst Du an zu jammern.
Der kundige Mechanikus,
Der Doktor sagt: Jetzt ist es Schluß!
Auch wenn er, besten Falls, geschickt
Den ärgsten Schaden nochmal flickt,
Mußt Du für immer Dir versagen,
Dein altes Tempo anzuschlagen.
Just Du schimpfst nun ganz weheleidig
Auf andre, die noch fahren, schneidig
Und hast den Übermut vergessen,
Mit dem am Steuer *Du* gesessen.

Anthropologie

Die Wissenschaft noch heute fabelt,
Wann Mensch und Affe sich gegabelt
Und, ohne weiter Zeit zu schonen,
Wirft sie herum mit Jahrmillionen.
Es waren unsre frühsten Ahnen
Die Untermenschen, Subhumanen.
Dann, kurze Zeit und reichlich spät,
Drang beinah durch Humanität,
Indes das Prähumane, (Vor-)
Unendlich langsam sich verlor.
Schon aber rückten, schrecklich schnell,
Posthominiden an die Stell,
Nachmenschen also, sozusagen,
Wie wir sie sehn in unsern Tagen.
Der Mensch, der Menschheit alter Traum,
Trat somit in Erscheinung kaum.
Ihn gab's – fällt auch die Einsicht schwer –
Noch nicht: da gab's ihn schon nicht mehr.

Letteritis

Ganz plötzlich wird es Dir bewußt:
Erkrankt ist Deine Leselust!
Nach welchem Buche Du auch faßt,
Keins, das zu Deiner Stimmung paßt!
Du gibst nichts hin – es gibt nichts her:
Bald ist's zu leicht, bald ist's zu schwer.
Mit leerem Herzen und Verstand
Starrst Du auf Deine Bücherwand:
Die altbewährte, edle Klassik
Ist Dir auf einmal viel zu massig,
Und über die moderne Lyrik
Denkst Du schon beinah ehrenrührig.
Der Reißer selbst, in dessen Flut
Du sonst gestürzt voll Lesewut,
Wirft heut Dich an sein Ufer, flach;
Dein Drang zur Wissenschaft ist schwach;
Und das gar, was sich nennt Humor,
Kommt Dir gequält und albern vor.
Geduld! Laß ab von aller Letter!
Es wird sich ändern, wie das Wetter:
Schon morgen, unverhofft genesen,
Kannst Du dann lesen, lesen, lesen!

Frische Luft

Schwer ist's mitunter, Luft zu kriegen,
In der nicht schon Gedanken liegen.

Skrupel

Schärf ständig frisch Dein stumpf Gewissen –
Doch laß die Vorsicht nicht vermissen,
Auf daß es noch, nicht allzuscharf,
Taugt für den täglichen Bedarf!

Physiognomik

Vermessen wär's, wolltst Du ihr Wesen
Den Leuten vom Gesicht ablesen.
Darf es doch fast als Grundsatz gelten:
So, wie sie ausschaun, sind sie selten.

Weissagung

Erhaltet Euch, auch metaphysisch,
In alter Frische, tränendrüsisch.
Denn leider Gottes will's so scheinen,
Als käm noch allerhand zum Weinen.

Der Fürsorgliche

Nicht, weil er bös ist, nein: zu gut –
Quält uns oft einer bis aufs Blut.
Selbst Wünsche, die wir gar nicht hatten,
Erfüllt er, ohne zu ermatten,
In einem Übermaß von Hulden
Und: ohne Widerspruch zu dulden.
Ach, seine Sorge, ob er täglich
Uns recht umsorgt, wird unerträglich:
Mild fragt, in unserm ersten Schlafe,
Ob wir gut zugedeckt, der Brave;
Früh will er uns gewiß nicht stören –
Nur, ob wir wohl geschlummert, hören.
Die Frühstückspfeife froh zu schmauchen,
Vergällt sein Vortrag übers Rauchen.
Grad was wir äßen mit Vergnügen,
Gibt's nicht, weil wir es schlecht vertrügen.
Daß er vor rauher Luft uns schütze,
Drängt er uns Wollschal auf und Mütze,
Ja, Regenschirm und Überschuhe,
Im Fall nur, daß es regnen tue.
Auf leises Räuspern bringt bereits
Ein Säftlein er für Hustenreiz;
Und sollten etwa gar wir niesen,
Ist unser Tod ihm fast bewiesen.
Und teuflisch martert er uns Armen,
Erbarmungslos – nur aus Erbarmen.

Guter Wille

Gern – etwa im Familienbad –
Sehn wir die turnerische Tat!
Erfreulich sind die jungen Mädchen,
Die munter schlagen ihre Rädchen,
Und die mit Kerzen oder Brücken
Von ganzem Herzen uns entzücken.
Wir freun uns auch des jungen Manns,
Der eitel prahlt: Schaut her, ich kann's!
Doch wahrhaft rührend und begeisternd
Wirkt erst ein Greis, den Leib bemeisternd:
Ein dürrer, daß er sich verjünge,
Macht, wie ein Känguruh, drei Sprünge,
Und ist gewiß, daß nun für Wochen
Geschmeidig wieder seine Knochen.
Ein Fettwanst, der die Kniee beugt,
Ist nun von Grund aus überzeugt,
Er dürft nun lang, bei Bier und Braten,
Ausruhn von solchen Heldentaten.
Wie aber muß uns erst erschüttern
Der Drang von Groß- und Schwiegermüttern,
Durch Seehund-gleiches Leibeswälzen
Zu Jugendschlankheit hinzuschmelzen!
Wer dies belächeln wollt, der wisse:
In magnis sat est, voluisse!

Selbsttäuschung

Manch einer meint – und glaubt die Lüge –
Daß er das Große groß ertrüge,
Weil er sich – wie er dreist sich brüstet –
Ganz anders für den Ernstfall rüstet,
Und kühn dem Tod ins Auge blickt.
Bloß jetzt, wo ihn nur Bauchweh zwickt,
Auf Seelengröße er verzichtet –
Er fühlt sich nicht zu ihr verpflichtet.

Weltschmerz

Mit Recht des Volkes Weisheit meint,
Ein Schmerz gehöre ausgeweint.
Nur Weltschmerz, der sich wichtig macht,
Gehört am besten ausge*lacht*.

Manager

Beklagenswert, wer sich verschworen,
Er hab noch niemals Zeit *verloren*.
Bekenn er lieber, unumwunden:
Er hab noch niemals Zeit *gefunden*.

Lebe gefährlich!

Die Welt geht morgen vielleicht unter.
Wir sind, verhältnismäßig, munter –
Vielmehr, ganz unverhältnismäßig!
Vergnügungssüchtig und gefräßig,
Neugierig, harmlos, guter Dinge –
Als ob die Welt *nicht* unterginge.
Der Nachwelt ist dann unerklärlich,
Wie wir, gefährdet und gefährlich,
Geschritten, doch wohl ahnungslos,
Durch diese Zeiten, riesengroß.
Nichts da! Wir haben's schon gewußt! –
Wir haben leider halt gemußt;
Und mit der größten Zeit verweben
Die kleinsten Zeiten sich zum Leben.
Doch wie, im Kampf an allen Fronten,
Wir trotzdem uns behaupten konnten,
Wird – sucht's auch mancher zu beschreiben –
Ein ewiges Geheimnis bleiben!

Dringender Wunsch

Just heut, wo schon das All bedroht,
Tät uns ein All-Heilmittel not.

Bestätigung

Noch heut gilt als der Heilkunst Fels
Der große Meister Paracels.
Er sprach, als Mann von Ruhm und Titel:
Heilmittel sei'n auch Nahrungsmittel,
Wie wechselweis im Gegenteil
Die Nahrungsmittel sei'n auch Heil. –
Ein Wort, das heut erst sich bewährt,
Da alles sich von Pillen nährt.

Je nachdem

Bald sieht's ein Kind, woran wir leiden,
Bald kann's der Facharzt kaum entscheiden.
Bald wähnen, krank, wir uns gesund;
Bald leidend, scheinbar ohne Grund.
Bestimmt weiß Gott nur, was uns fehlt
Und auch, warum er's uns verhehlt.

Scheinbarer Widerspruch

Hochherzigen nur kann's gelingen,
Das Schwerste übers Herz zu bringen.

Lebensmut

Meist bleibt's dem Menschen unbewußt,
Wie stark sein Herz schlägt in der Brust.
Er würde nicht das Grausen los,
Wie's Blut pumpt, hämmernd, pausenlos,
Und nicht allein zur Sommerszeit,
Nein, auch im Winter, wenn es schneit,
Jahrein, jahraus, jahraus, jahrein –
Doch dürft noch größres Wunder sein,
Wie er das Wissen mit sich trägt,
Daß eines Tags es nicht mehr schlägt.

Schein-Heilung

Wenn einer, der seit manchem Jahr
Ans (Ehe-)Bett gefesselt war,
Nun kurz entschlossen sich erhebt,
Ge- und entschieden weiterlebt
Und prahlt, er sei jetzt ein Gesunder,
Nimmt leicht die Welt das für ein Wunder.
Nicht jeder – was zu fürchten bleibt –
Hat sich ermannt, der sich entweibt.

Warnung

Manch einer, der so hingelebt,
Schreckt aus dem Schlummer auf und bebt:
Ihm ist, als hört er, voll Entsetzen,
Den grimmen Tod die Sense wetzen!
Schon zwickt's ihn hier, schon zwackt's ihn dort:
Er muß was tun – und zwar sofort!
Angstwinselnd er um Aufschub fleht,
Schwört, daß er gleich zum Doktor geht,
Daß er verzichtet, wenn's sein muß,
Auf Rauch- und Alkoholgenuß,
Ja, Sanatorien besucht,
Statt weiter schnöden Mammon rucht.
Doch andern Morgens, beim Erwachen,
Wagt er, sich selber auszulachen:
So, spricht er dreist, kann man sich täuschen:
Nichts mehr von Sensen-Wetz-Geräuschen!
Doch eines Tags ist's dann zu spät:
Der Tod hat lautlos ihn gemäht.

Kunst des Schenkens

Verschenken kannst Du viele Sachen,
Doch nur mit wenigen Freude machen.

Verwicklungen

Verstopfung in den Eingeweiden
Gilt als die Mutter vieler Leiden.
Es bringt dich schier um den Verstand,
Prüfst Du, wie Du mit ihr verwandt.
Hast Du die Leiden selbst erzeugt,
Die sie Dir jetzt als Mutter säugt? –
So daß sie eheliche Kind'
Von Dir und der Verstopfung sind??
Hat sie sie nicht von Dir empfangen –
Mit wem ist sie dann fremd gegangen?
Bist etwa gar, oh Rätselrater,
Du selber der Verstopfung Vater?
Sind Deine Leiden Deine Enkel?
Du kriegst die Sache nicht beim Henkel.
Doch mußt Du, bleibt's Dir auch verborgen,
Für Mutter wie für Kinder sorgen.

Die Hauptsache

Früh aufstehn tut's noch nicht im Leben –
Man muß auch seelisch sich erheben!

Seelenheilkunde

Der Leib, erkrankt, gibt Schmerz-Alarm –
Doch hilflos, meistens, schweigt der Harm,
So daß er chronisch schon verstockt,
Eh man der Seele ihn entlockt.
Und liegt der Mangel gar an Glück,
Wie häufig, Jahre weit zurück,
So ist das Leiden arg verschleppt.
Zwar gibt's manch prächtiges Rezept,
Das jeder Doktor gern verschriebe:
Es brauchte weiter nichts als *Liebe*.
Doch fehlt's an Apotheken dann,
Wo man es machen lassen kann.
Denn Liebe just wird auf der Welt
Noch nicht synthetisch hergestellt.

Das Opfer

Just einer, der entrüstet schreit,
Er hab zum Kranksein keine Zeit,
Ist scharf drauf, daß bei jedem Drecke
Den andern in das Bett er stecke.
Er bietet – heimlich glaubt er dran –
Dem Schicksal ihn als Opfer an.

Fremdkörper

Es muß im Aug kein Balken sein –
Ein fremder Körper, splitterklein,
Und, was noch ärger, splitternackt,
Hat oft schon Ehen pie-gesackt,
Ja, manche gar daran zerbrach,
Weil er dem Mann ins Auge stach.
Wir geben hier den Eheweiben
Den alten Rat: Nur nicht dran reiben!
Nicht gleich mit zu viel Eifer suchen
Und gar den Doktor anbespruchen!
Ein Tuch, nicht allzu tränenfeucht,
Den Kenner schon von Vorteil deucht.
Dann stellt, wird's auch sofort nicht sein,
Der klare Blick sich wieder ein.

Vorteil

Die Frau mit *schwachen* Nerven kann,
Was nicht mit *starken* glückt dem Mann.

Konsultation

Wird ein Familienmitglied kränklich,
So zeigt sich jedermann bedenklich
Und – was auch ganz vernünftig – rät,
Zum Arzt zu gehen, eh's zu spät.
Man gibt so lange keine Ruhe,
Bis jener schwört, daß er es tue.
Man fragt ihn sanft, man fragt ihn grob,
Zum Schluß fragt man ihn nur noch: »ob?«
Er kann dann schon Gedanken lesen:
Ob nämlich er beim Arzt gewesen?
Je nun, er geht denn auch zum Schluß,
Weil er doch einmal gehen muß.
Fragt dann der Arzt schon in der Türe
Ihn höflich, was ihn zu ihm führe,
Kann er es sagen ganz genau:
»Nur der Befehl von meiner Frau!«

Blutung

Ein kluger Mann wird stets vermeiden,
Das Wort dem Schwätzer abzuschneiden.
Denn jetzt erst blutet's endlos fort,
Just aus dem abgeschnittnen Wort.

Ausweg

Wer krank ist, wird zur Not sich fassen,
Gilt's, dies und das zu unter*lassen*.
Doch meistens zeigt er sich immun,
Heißt es, dagegen was zu *tun*.
Er wählt den Weg sich, den bequemen,
Was *ein*- statt was zu *unter*nehmen!

Lebenssaft

Einst glaubte man, ein eigner Saft
Bewirke unsre Lebenskraft;
Doch hat die Forschung dann bewiesen,
Man lebe einfach, ohne diesen.
Nur kommt's uns neuerdings so vor,
Als wär's – gewesen! – der Humor.

Müde Welt

Den Müden sei es angenehm
Zu hören, daß sie Weltproblem!
Die erste Krankheit unsrer Zeit
Ist: allgemeine Müdigkeit.

Witz

Der Witz ist Würze und nicht Speise;
Nie reiche man ihn löffelweise!
Zuträglich – gar bei scharfem Witze –
Ist höchstens eine Messerspitze!

Schulmedizin

Den Durchfall finden wir in Massen,
Besonders bei den *untern Klassen*,
Wo er befällt oft gleich ein Drittel.
Fleiß wäre hier das beste Mittel.
Das Leiden ist nicht tödlich zwar,
Doch braucht's zur Heilung rund ein Jahr.

Zusammenhänge

Beweis, wie nah verwandt sie sind:
Man stillt sie beide – Schmerz und Kind!

BEHERZIGUNG

Im Seelenkampf mit allzu Schwierigen
Schon *Deine* Nerven – nicht die ihrigen!

Schönheits-Chirurgie

Sei's, daß Du nur ein Wimmerl hast,
Sei's, daß Dir Deine Nas nicht paßt,
Daß Kinn und Wange Dir zu faltig,
Daß Dir Dein Busen zu gewaltig –
Kurz, daß Natur Dir was verweigert,
Beziehungsweise grob gesteigert,
Brauchst, in der Neuzeit, der bequemen,
Du das nicht einfach hinzunehmen.
Es bleiben schließlich nur die Affen
So häßlich, wie sie Gott erschaffen –
Die Ärzte so *uns* modeln sollen,
Wie Gott uns hätte schaffen *wollen*.

Zaubervorstellung

Der Psychotherapeut macht's fein:
Erst fragt er viel in Dich hinein,
Dann holt er, wie's der Zaubrer tut
Mit dem Kaninchen aus dem Hut,
Die Fragen wieder aus Dir raus –
Und dankt vergnügt für den Applaus.

Wickel

Schon seinen Lebenslauf beginnt
Höchst ungern man als Wickelkind.
Und jeder weiß von den Gefahren,
Die drohn in den Entwicklungsjahren.
Jedoch, selbst wenn man diese glatt
Schon lange überwunden hat,
Stellt sich noch spät der Alpdruck ein:
Nur ja in nichts verwickelt sein!

Für Kahlköpfe

Als sichres Mittel gegen Glatze
Ist folgendes Rezept am Platze:
Man laß, im Lauf der nächsten Jahre
Sich einfach wachsen graue Haare –
Wozu der Grund sich leicht ergibt –
Die färbe man nun, wie's beliebt.

Schädlich

Nicht stets die kalte Schulter zeigen,
Wenn wir zum Rheumatismus neigen!

Der Stärkere

Kein Seelenschmerz und keine Trauer
Schert Deinen Magen – auf die Dauer.
Mag Gram und Groll das Herz Dir pressen,
Der Bauch, der Lümmel, will sein Fressen.
Er hat die Pflicht, nicht nachzugeben –
Denn schließlich mußt Du weiterleben!

Magenbeschwerden

Wohl dem Gesunden, der's verträgt,
Daß er sich wüst den Bauch vollschlägt.
Doch hat selbst der nicht immer Glück,
Denn manchmal schlägt der Bauch zurück.

Nichts übertreiben!

Dem Rauschgift Kampf – und seinen Süchtern!
Doch, bitte, auch nicht allzu nüchtern!

Melancholie

Mit nichts ist Schwermut so zu lindern,
Als wie mit einer Schar von Kindern:
Der Ärger, wenn sie tobt und schreit,
Läßt Dir zum Trübsinn keine Zeit.
Du mußt, verstrickt in Seelenqualen,
Dem Stefan dringend gleich was malen:
Die Sonne, einen Baum, ein Haus,
Die Straßenbahn, den Nikolaus.
Der Thomas, Deinen Schmerz zu stören,
Will unbedingt ein Märchen hören,
Und Du erzählst vom Menschenfresser –
Und schau – schon geht's Dir wieder besser!

Guter Rat

Liegt wer im Bett, ist schlimm er dran –
Schon weil er nirgends hingehn kann;
Es sei denn – Leid macht innerlich –
Er ginge ausnahmsweis in sich.
Hier aber wurde viel versäumt:
Kalt ist es und nicht aufgeräumt.
Drum sorg, daß Du Dein Innres immer
Auch brauchen kannst als Krankenzimmer.

Einer für alle

Kraft *aller* Nerven ist vonnöten,
Will *einen* uns der Zahnarzt töten.

Ernster Fall

Zur Hoffnung bleibt noch immer Grund,
Solang die Krankheit selbst – gesund.
Doch wehe, alle Heilkunst wankt,
Sobald die Krankheit auch erkrankt.
Dann kommst Du nicht so leicht davon:
Der Arzt nennt's: Komplikation.

Homo ludens

Der homo faber, homo prudens,
Gilt mehr uns, als der homo ludens,
Der scheinbar unnütz faule Bruder. –
Gar, wenn er noch ein armes Luder.
Und doch ist der, oh Mensch, erkenn's!,
Der wahre homo sapiens,
Der, bis zum letzten Tag ein Kind,
Des Lebens ernstes Spiel gewinnt.

Autosuggestion

Ein Kranker spürt, trotz der Behandlung,
In seinem Zustand keine Wandlung;
Ja, es werd schlechter, möcht er denken. –
Jedoch, um nicht den Arzt zu kränken,
Sagt er bescheiden: »Herr Professer,
Es wird wohl stimmen, – mir geht's besser!«
Und sieh – das tut's auch, mit der Zeit:
Welch ein Triumph der Höflichkeit!

Mahnung

Nehmt Euch der Römer weise Lehre
Zum Ziel: Quieta non movere!
Wenn wir's in deutsche Worte fassen:
Was ruht, auf sich beruhen lassen.
Gerade das oft, was im Leben
Längst scheint vergessen und vergeben,
Bleibt, wie auch rasch die Stunde rennt,
In tiefster Seele virulent.

Anfälligkeit

Gefallsucht hat, oft über Nacht,
Schon manche Frau zu Fall gebracht.

Das Geld

Daß unser Geld nicht bleibt gesund,
Hat, wenn man nachdenkt, guten Grund:
Unschuldig selbst, wird's arg mißbraucht:
Versoffen wird's, verlumpt, verraucht;
Mit Aderlaß und Währungsschnitt
Spielt mancher Pfuscher bös ihm mit.
Bald wird es fiebernd heiß begehrt,
Bald kalt verachtet, weil nichts wert.
Leichtsinnig auf den Kopf gehauen,
Verliert es bald sein Selbstvertrauen.
Oft zwischen Erd und Himmel bang
Schwebt es, als Kaufkraftüberhang.
Dann wird's gedrosselt von den Banken –
Der ganze Kreislauf kommt ins Wanken.
Hier wird's zum Fenster nausgeschmissen,
Dort alle Welt mit ihm besch . . .
Im Kampf ums Dasein wird's zerrieben,
Als Steuer herzlos eingetrieben.
Auch macht es glücklich nicht allein;
Als Mitgift gar kann's giftig sein!
Man will mit ihm bestechen, schmieren –
Und dann soll's noch die Welt regieren!
Das alles, wie's auch wirkt und schafft,
Geht schließlich über seine Kraft!

Zeitrechnung

Mit Weltgeschichte sind wir reichlich
Versorgt und darum gar nicht weichlich.
Wir durften, wenn auch unter Beben,
Schon manche *große* Zeit erleben.
Doch unsre Daten, ganz persönlich,
Die richten trotzdem wir gewöhnlich
Nach *kleinen* Zeiten, nach wie vor:
Damals, als Hans den Fuß erfror,
Als unser Bruder, Vater, Gatte
Die schwere Halsentzündung hatte,
Als – unvergeßlich bleibt der Tag! –
Der Fritz auf Tod und Leben lag;
Wir werden sagen: in dem Jahr,
In dem Marie den Max gebar,
Der Franz die Masern sich erworben,
Der Onkel Florian gestorben,
Die Olga operiert ward – kurz,
Nicht Weltkrieg und Regierungssturz,
Nicht Wirtschafts- und nicht Währungskrisen
Sind als kalenderfest erwiesen.
Auch künftig rechnen wir die Jahre
Nur von der Wiege bis zur Bahre.

TEMPERATUR

Dem Ofen gleich sei Dein Gefühl:
Bei Kälte warm, bei Hitze kühl.

Gegenprobe

Der raschen Hoffnung traue nicht,
Meinst Du, daß alles dafür spricht.
Noch scheint die Vorsicht angezeigt,
Zu prüfen, was dagegen schweigt.

Feigheit

Wir fühlen, daß die eigne Seele
Recht gut es wüßte, was uns fehle.
Doch da wir, feige, es nicht wagen,
Sie unerbittlich drum zu fragen,
So trägt sie das Geheimnis stumm
Mit sich (das heißt, mit uns!) herum.

Hygiene

Der bösen Taten gutes Ende:
Man wäscht in Unschuld sich die Hände.
Der wahre Weise bleibt da skeptisch:
Auch Unschuld ist nicht antiseptisch.

Gutmütigkeit

Wir nennen einen Menschen gut,
Der, was wir von ihm möchten, tut
Und drum – erbost zwar oft im stillen –
Verzichtet auf den eignen Willen.
Es sind gerade die Gefälligen,
Die wir mit jedem Dreck behelligen.
Sie werden, weich und ungeschützt,
Von jedem schamlos ausgenützt.
Sie wähnen sich geheilt für immer
Oft nach Erfahrung, allzu schlimmer;
Ja, sie bekennen selber frei,
Daß ihre Dummheit sträflich sei.
Und doch: sehn sie auch alles klar, –
Gutmütigkeit ist unheilbar!

Savoir vivre

Oft hat wer sterben früh gemußt,
Der wohl zu leben hätt gewußt.
Ein andrer quält sich noch als Greis,
Weil er nicht recht zu leben weiß.

Theorie

Heil dem, der rundherum gesund,
Auch seelisch ohne Klagegrund,
Nach einer wohldurchschlafnen Nacht,
Springt aus dem Bette, daß es kracht!
Die Sonne scheint, es ist halb sechs –
Der Mensch, das herrliche Gewächs,
Sich fühlend als der Schöpfung Krone,
Treibt froh, mit Rundfunk oder ohne,
Den Frühsport, duscht im kalten Strahl,
Verzehrt vergnügt ein reichlich Mahl,
Liest seine Zeitung sorgenfrei,
Legt pünktlich auch sein Morgenei
Und eilt, der eignen Spannkraft froh,
In Werkstatt, Schule und Büro,
Wo, bis ihn wieder Nacht umhüllt,
Er weit mehr als sein Soll erfüllt.
Verdrossen liest man dies Gedicht:
So müßt es sein – so ist es nicht!

Gesunde Umwelt

Gewiß, wir haben allen Grund
Zu lachen, wenn wir selbst gesund.
Doch sei auch innig Gott gedankt,
Wenn niemand sonst im Haus erkrankt,
Wenn Weib und Kind und Ingesind
Wohlauf und ganz in Ordnung sind,
Verwandte, Freunde sich nicht legen –
Gar mit dem Anspruch, sie zu pflegen;
Wenn Milchmann, Krämer, Schneider, Schuster,
Nicht bettgefesselt sind als Huster,
Die Zeitungsträgrin jederzeit
Von Kraft erstrahlt und Rüstigkeit.
Nur eins: halt Deine frommen Triebe
Nicht gleich für reine Nächstenliebe:
Gesundheit wünschst Du allen ihnen,
Damit sie Deinem Wohlsein dienen!

Bitte

Der Alltagsmensch ist schwer erkrankt
Am Leben, öd und unbedankt.
Ich bitt Euch herzlich: Lobet ihn!
Lob ist die beste Medizin.

Haltung

Wir halten kaum uns auf den Beinen –
Doch möchten rüstig wir erscheinen.
Sogar als müde, alte Knacker,
Marschieren mit der Zeit wir wacker,
Damit es ja kein andrer merke,
Wie schlecht es steh um unsre Stärke.
Der andre gleichfalls, statt zu jammern,
Gibt sich als einen noch viel strammern,
Bis wiederum nun *wir* uns schämen
Und uns an ihm ein Beispiel nehmen.
Wir sehen die im Grunde Kranken
Empor sich aneinanderranken.
Nur dürfen, wie wir's auch ersehnen,
Wir nie uns an den andern lehnen.
Sonst stürzt das wacklige Gebäude
Von vorgetäuschter Lebensfreude.

Zu spät

Durch Jahre um sein Glück bestohlen,
Sucht mancher jetzt, es nachzuholen.
Und doch kann nie genug man's predigen:
Man schädigt sich durch Sich-entschädigen.

Stichverletzungen

Ein ganz besonders wilder Schmerz
Ist jener jähe Stich ins Herz
Beim Anblick einer Ungetreuen –
Und gar bereits am Arm des Neuen.
Statt daß nun wir, um uns zu rächen,
Der Falschen stolz ins Auge stächen,
Gehn wir, geknickt, ja ganz gebrochen,
Weil uns ein andrer ausgestochen.

Inkubation

Die Krankheit, statt sogleich zu wüten,
Läßt uns meist Zeit, sie auszubrüten.
Zum Beispiel mancher sich nichts denkt,
Im Augenblick, wo ihn wer kränkt.
Erst nachts dann, wenn er schlaflos liegt,
Merkt er, daß er was abgekriegt
Und ist auf einmal so erbittert,
Daß ihm vor Zorn die Nase zittert.
Die Kränkung, jetzt erst ausgebrochen,
Bedarf zur Heilung vieler Wochen;
Vergebens feilt er nun am Wort,
Das ihm geholfen hätt – sofort.

Ausgleich

Je leichter 's wird, sich was zu gönnen –
So schwerer, sich dran freun zu können!

Stossseufzer

Ein hohes Lob für Zeitgenossen
Ist heute, daß sie aufgeschlossen.
Wir aber wüßten manchmal gern:
Wie wärn sie wieder zuzusperrn?

Aufheiterungen

Der erste Schmerz ist, wie der letzt',
Zum Grenzpfahl dieser Welt gesetzt.
Dazwischen freilich kann's auf Erden
Mitunter auch recht lustig werden.

Kochrezept

Auch wenn's Dich treibt, vor Wut zu kochen,
Sei Dir empfohlen: gut zu kochen!

Scheintod

Im Lauf der Zeit wird man oft mürbe,
So daß man gar nicht ungern stürbe
Und, ohne weitre Schicksalsschläge,
Nun mausetot im Sarge läge.
Doch ist das Nicht-Gefühl von Leichen
Im voraus niemals zu erreichen.
Nicht mausetot, nur mäuschenstill,
Lieg wer im Bett, so steif er will,
Such seinen Atem anzuhalten
Und alles Denken auszuschalten –
Es ist umsonst: denn er erkennt,
Wie streng sich Sein und Nichtsein trennt,
Weil man, um in des Tods Genuß
Zu kommen, wirklich sterben muß.
Und doch, in Zeiten, also trüben,
Sollt man das Tot-sein manchmal üben,
Und sich erfreun am Konjunktive,
Wie's wäre, wenn man ewig schliefe.
Denn, wer sich richtig totgestellt,
Lebt wieder freier auf der Welt.

Lebensrechnung

Leicht ändern wir die Einzelposten. –
Im Ganzen nie die Lebenskosten.
Wir zahlen drauf, genau genommen,
Grad, wo wir billig weggekommen.

Tempo

Wie schauderschnell rast doch die Zeit!
Kaum sind wir der Vergangenheit
Mit einem blauen Aug entronnen –
Heißt's, daß die Zukunft schon begonnen.

Falsche Diagnose

Es ist oft die Gerechtigkeit
Schwer unterscheidbar nur vom Neid.
Denn weil vom Unrecht, arg gehäuft,
Auch ihr die Galle überläuft,
Sieht die Symptome man, dieselben,
Mitunter, wie beim Neid, dem gelben.

Begegnung

Zwar fragen uns Bekannte stets,
Wenn sie uns treffen: »Na, wie geht's?«
Doch warten sie so lange nie,
Bis wir es sagen könnten, wie.
Wir stellen drum statt langer Klage,
Sofort die kurze Gegenfrage.
Dann ziehen höflich wir den Hut
Und sagen beide: »Danke, gut!«
Wir scheiden, ohne uns zu grollen –
Weil wir's ja gar nicht wissen wollen.

Kreislaufstörung

Das ist der Kreislauf dieser Welt:
Mit sauerm Schweiß verdient man Geld,
Mit süßem Leichtsinn wird's verlumpt –
Das beste Herz uns nichts mehr pumpt.
Im Kreise laufen wir verstört,
Bald stockt das Blut, bald wallt's empört.
Unlustgefühle aller Art,
Selbst Schwindel bleibt uns nicht erspart.
Man trifft – was leicht wär zu beweisen –
Die Störung in den besten Kreisen.

Das Muster

Man kennt im Gasthaus die Besteller,
Die schaun erst auf des Nachbarn Teller:
Und äße der den Bart Jehovas,
Sie sprächen: »Ober, mir auch so was!«
Dieselbe Sorte Mensch erwählt
Die Krankheit, die grad wer erzählt
Und kriegt, in des Berichts Verlauf,
Erst richtig Appetit darauf.

Klatschsucht

Wer Dir vom Nachbarn häßlich spricht,
Erfreut durch Witz – doch trau ihm nicht:
Meinst Du, er würde über jeden –
Nur über Dich nicht! – Böses reden?

Zugluft

Red Dich nicht allzusehr in Hitzen –
Wo Windige beisammensitzen!

Verfolgungswahn

Ein Zweck, der recht sich überlegt,
Daß er verfolgt wird, unentwegt,
Fängt langsam sich zu fürchten an
Und leidet an Verfolgungswahn;
Beginnt auch, an sich selbst zu kritteln:
Ob er, verfolgt mit allen Mitteln,
Nicht an dem Unrecht selbst beteiligt,
Daß er, als Zweck, die Mittel heiligt?
Und tief durchfährt ihn da ein Schreck:
Am End ist er kein guter Zweck?
Vergebens, daß er – schon umgarnt –
Sich selbst als völlig zwecklos tarnt,
Versucht, sich höher stets zu recken:
Der Mensch wächst *auch* mit größern Zwecken.
Und eines Tags der Zweck erbleicht:
Es war umsonst – er ist erreicht!

Sportliches

Bei Lebensläufen sehn wir's klar:
Wer läuft, der läuft auch schon Gefahr!

Einbildung

Wir sehn mit Grausen ringsherum:
Die Leute werden alt und dumm.
Nur wir allein im weiten Kreise,
Wir bleiben jung und werden weise.

Am Tisch des Lebens

Wünsch nicht nur »Guten Appetit!«
Wirk auch als Wirt ein wenig mit!
Zu spät für den, den wir begraben,
Das: »Wünsche, wohl gelebt zu haben!«

Taubheit

Kaum, daß wir einen Freund beschwören:
»Gelt, wenn Sie einmal etwas hören!?« –
Schon hören – darauf ist Verlaß –
Wir von ihm selbst nie wieder was.

Unnötige Belastung

Wer wem was nachträgt, tut nicht klug:
Trägt jeder selbst doch schwer genug!

Fünftagewoche

Wie wär geblieben alles gut,
Hätt Gott am sechsten Tag geruht!
Er wär nur kommen bis zum Affen –
Der Mensch wär blieben unerschaffen!

Freizeitgestaltung

Die Frei*heit* – da ist keine Not:
Wohin man schaut, schlägt sie wer tot.
Doch, wie die Frei*zeit* totzuschlagen,
Muß man den Leuten eigens sagen.

Erste Hilfe

Man liest zwar deutlich überall:
Was tun bei einem Unglücksfall?
Doch ahnungslos ist meist die Welt,
Wie sie beim Glücksfall sich verhält.

Höhere Mathematik

Der Freunde Zahl berechnet keiner;
Auf alle Fälle ist sie – kleiner!

Inhalt